목성의 봄

글 안하늘   그림 전지은

비꽃

목성의 봄

빛의 산란 7

목성의 봄 17

새들의 기억 45

초신성 65

희미하지만 분명하게 73

빛의 산란

군인이 트럭으로 돌아갔다. 피난민들을 태운 군용 트럭에 다시 시동이 걸렸다. 짖어대던 백여 마리의 개들은 트럭이 멀어져 갈수록 하나둘씩 침묵해갔다.

"다 선동을 위한 쇼예요. 대피소 같은 건"

남자가 찾아온 정적을 굳이 깨며 말했다.

"사실이라 해도 전 상관없어요."

여자가 사료포대를 끌고 오며 대답했다. 법적 신원이 불분명한 남자는 대피소에 들어갈 수 없었다. 그렇기에 그는 여자가 대피소로 피신하고 나면 개들과 유기견 보호소에 남을 생각이었다. 하지만 군인에 의하면 이 도시에서 대피하지 않은 사람은 여자뿐이었다. 그리고 법적 신원이 불분명한 존재들과 동물들. 지난 몇 년 간 그랬듯 여자가 사료포대를 뜯자, 남자가 양동이에 사료를 남아 담았다. 인대와 근육의 관계처럼 두 사람은 서로의 동작에 완벽히 연계되어 움직였다. 그러나 남자가 양동이를 떨어뜨린다. 사료가 바닥에 쏟아졌다. 남자는 양동이에 반사되는 불빛에 눈부셔하며 뒤를 돌아보았다. 여자는 눈을 반쯤 가린 채 무엇인가를 노려보고 있었다. 처음 보는 기상현상이었다. 산란되는 빛들. 마치 빛으로 뭉쳐진 함박눈이 내리는 것 같았다. 이상한 일이지만 개들은 짖지 않았다. 여기저기서 새들이 추락하기 시작했음에도 개들은 침묵했다. 그들은 서로를 단지 바라볼 뿐이었다. 마치 그들이 오랜 시간 지켜온 비밀이 지금 세상에 탄로 나는 중이라는 듯이. 남자는 산란되는 빛들을 바라보며 그동안 떠돌던 소문들을 떠올려본다. 그중 몇 가지가 사실일 수 있다는 생각에 천천히 고개를 끄덕였다. 그때 요란한 쇳소리가 들렸다. 여자가 울타리를 열어젖히고 있었다. 남자가 여자를 도와 사방의 울타리를 다 해체하고 나자 출입문만 잠겨진 채로 굳게 서 있었다.

"어디로 가야 할까요?"

여자에게 물었다. 그리고 자신이 쓸데없는 질문을

했다고 자책했다. 여자에게도 마땅한 답은 없을 것이다. 그는 이번엔 자신을 향해 질문해본다. 어디로 가야 할까. 사실 이 질문은 종종 스스로에게 해왔던 질문이었다. 이곳에 온 이후로 몇 년간 자문하지 않았을 뿐.

"이 근처에 강이 있잖아요. 거기로 가죠."

여자가 대답했다. 남자는 여자를 도와 개들을 보호소 밖으로 몰았다. 그리고 여자와 함께 강으로 향했다. 한동안 머뭇거리던 개들은 두 사람을 쫓아오기 시작했다. 몇몇은 어디로 가는지도 모르면서 길을 앞장섰다. 일부는 보호소에 남기를 선택했고 아예 다른 방향으로 떠나는 개들도 있었다. 강에 가까워졌을 즈음 남자가 한 쪽 무릎을 꿇었다. 개들은 각각 상태가 달랐지만 작은 강아지들은 남자처럼 호흡이 힘들어 보였다. 버텨내는 쪽은 여자였다. 여자는 쓰러진 강아지를 자신의 스웨터 안에 넣었다. 그리고 남자의 어깨를 부축했다.

"괜찮아요?"

남자는 대답 대신 고개를 끄덕였다.

"어디 출신이에요? 그동안 물어본 적이 없었네요."

여자는 남자의 상태를 확인하기 위해 그리고 그가 의식을 잃지 않기를 바라는 마음에서 물었다.

"저는 떠돌이라 출신이랄 것도 없어요. 이, 어릴 적에는 바닷가 마을에서 자라긴 했어요."

남자는 강 반대쪽을 언뜻 보며 대답했다. 그쪽이 고향의 방향이라는 것을 늘 확신하고 있었다는 듯이.

"그래요? 하긴 대도시 출신 같지는 않다고 생각했어
요."

"제가 좀 촌스러웠죠?"

"아아. 그런 뜻은 아니에요. 저에게 가장 소중했던 사
람도 바다에 살았어요. 늘."

몇 년 전 남자는 일자리를 물으며 유기견 보호소에 찾
아왔다. 여자는 그가 가축을 도축하는 농장에서 오래 일
한 경력이 꺼림칙했다. 하지만 일손이 부족해서라고 넘
겨짚는 것 말고는 그를 고용하게 된 이유를 그녀도 알
수 없었다. 단지 서서히 늘어나는 개의 숫자에 섞여들
듯 남자는 보호소에 자리 잡았다.

"마을에서 가까운 해변에 가면 금속으로 만들어진 왜

가리 조각상이 있었어요. 제법 큰 조각이었는데. 그것만
큼은 선명히 기억나네요."

"왜가리? 새 말하는 거죠?"

"네. 하늘을 올려다보는 모양이었는데"

천천히. 그리고 확실히 남자는 여자의 어깨를 밀어
냈다. 그리고 고꾸라졌다. 차가운 금속에 맺히는 이슬처
럼 작은 개들이 다가와 남자에게 몸을 맞대고 웅크렸다.
개들과 남자의 호흡은 비슷한 속도로 느려져 갔다. 여자
는 남자와 강을 번갈아 본다. 몇몇 덩치 있는 개들이 묵
묵히 강으로 향하고 있었다. 무언가를 대리할 것이 있다
는 듯. 대신 전할 무언가가 있다는 듯. 여자는 남자를 뒤
로하고 개들이 앞장서는 길을 따라 걷는다. 그녀는 남

자가 말한 바닷가 마을을 떠올렸다. 개들과 함께 그 해변에 가보고 싶어졌다. 얼마 후 여자도 더 걸을 수 없는 상태가 된다. 여자는 하늘을 올려다본다. 해변에 있다는 왜가리 조각상을 밤에 본다면, 아마 밤하늘을 반사하고 있겠지. 금속이니깐 비가 오는 밤이면 반짝일 거야. 그녀는 그런 생각을 했다.

목성의 봄

'그리고 나는 비로소 상황을 받아들이게 되었다.'

탐사일지의 마지막 문장으로 나쁘지 않다고 생각되었다. '나는'을 생략해도 문장이 유지된다는 점에서 특히. 이 문장을 마지막으로 나는 더 이상 공식일지를 기록하지 않았다.

태양풍 때문이라면 어느 수준 미리 예측됐을 것이다. 갑작스럽고 이례적인 강도였다. 90일 전부터 인류가 쏘아올린 모든 인공위성들이 작동하지 않고 있다. 그 외에도 태양계에서 활동 중인 탐사선, 왕복선, 등 손상 정도는 각각 상이했으나 대부분 전자 장비에 피해를 입은 것으로 추정된다. 내 경우 자동항법 장치가 기능 고장이었다. 궤도선을 탄 채 화성을 맴돌고 있는 동료들이 내 쪽의 모선(母船)으로 돌아올 수 없게 된 상황이 벌어졌다. 동료들이 탄 궤도선의 상황도 좋아 보이지 않았다. 태양전지 패널의 작동 램프가 꺼진 상태였고 선체의 평형은 우울할 정도로 기울어져 있었다. 그 외의 상황들까지 종합했을 때 동료들에게 남은 생존 시간은 4일 정도로 추정되었다. 내가 할 수 있는 일은 지구 또는 동료들과 통신이 복구 될 때까지 시간을 버텨내는 것뿐이었다. 나는 연필을 쥐고 궤도값을 계산해 분 단위로 컴퓨터에 입력해 나갔다. 잠을 잘 수 없었고 자리를 벗어날 수 없었다. 손닿는 곳에 있던 생수 한 병이 유일한 식량이었다. 그렇게 3일차가 되었을 때 체력에 미세한 균열들이 생기는 것이 느껴졌다. 그 틈새로 졸음이 맺혔다. 흘러내린 졸음들이 고여 생긴 웅덩이에 내가 계산한 숫자들이 떠다니는 것이 보였다. 난 화들짝 놀라며 잠에서 깼다. 일미나 잠들었던 걸까. 5초 인지 5개월 인지 가늠할 수 없었다. 나는 노트에 적힌 숫자들을 다시 점검했다. 떨리는 손가락 사이로 잘못된 위치에 찍혀있는 소수점이 보였다. 무중력 공간이었지만 심장만큼은 무겁게 내려앉았다. 아직 만회할 기회가 있을지 모른다.

일단 연필 뒤의 지우개로 소수점을 다급히 지워본다. 그러자 숫자는 거대한 단위의 심연으로 바뀌었다. 연필심을 거기에 대는 순간 그곳으로 끌려 들어갈 것 같았다. 이미 화성의 공전 각도는 선체의 비행 방향에서 틀어지고 있었다. 나는 동료들이 보이는 조종석 창에 손을 짚는다. 창에 번진 내 체온은 작은 동물의 유골처럼 우주에 흩뿌려졌다. 손가락에 체중을 싣고 창을 짚고 있던 손가락들을 뒤로 꺾어버린다. 손가락 두 개가 탈구되었다. 나는 몸을 웅크리고 눈을 감는다. 우주선 내부를 떠다니며 그렇게 잠에 들었다. 다시 잠에서 깼을 때 동료들은 행성의 자전을 따라 그곳의 밤으로 떠난 뒤였다.

나는 이후 무기력증과 조증. 공황, 발작(에 가까운 이상

행동들), 심리적 원인에 의한 호흡곤란 등등, 불안장애의 스펙트럼을 하나씩 착실히 겪었다. 그렇게 3개월이 지났을 때 나는 광기의 정점에 도달했다고 해야 할지 아니면 비로소 광기에서 벗어났다고 해야 할지 확신할 수 없지만 이곳을 탈출할 유일한 방법을 실행하기로 결정했다. 비공식적으로 반입된 사이안화칼륨(청산가리라고 불리는)을 삼키는 것이다. 다른 방법도 검토했지만 삼키는 행위를 선택했다. 처음 젖을 빨고 삼키던 동작과 같은 방식으로 생을 마감하면 내 생이 동그란 원 모양이 될 것 같았다. 우선 선내의 모든 조명을 껐다. 그 누구도 나를 볼 수 없게 된 상황이 자살의 주된 동기인데, 나 스스로도 이해되지 않는 충동이었다. 나는 어둠 속에서 손에 쥔 캡슐을 바라본다. 잘못 찍은 소수점 같아 보였다. 생각과 몸의 시차가 있어 손은 선뜻 입으로 캡슐을 가져다주지 않았다. 의식이 몸을 버리기로 했다는 사실을 몸이 받아들이는 시간도 필요했다. 그것을 기다리는 동안 조종석 창에 비친 내 모습을 바라보았다. 잠수해 있는 것처럼 비스듬히 기울어진 모습이었다. 순간 K의 얼굴이 떠올랐다. 나는 왜 그제서야 그녀를 다시 생각하게 되었는지 스스로도 의아했다.

내가 K를 알게 된 것은 2년 전이었다. K는 그녀의 고모가 운영하는 다이빙샵에서 다이빙 강사로 일했다. 이후 고모가 건강상의 이유로 고국에 돌아가길 희망하자 그녀가 다이빙 샵을 인수했다. K는 다이빙샵의 낡은 외벽을 푸른색 페인트로 칠한 뒤 반려견의 모습을 그 위에 직접 그렸다. 그녀가 다이빙샵 운영을 마감하고 "엘라라" 이렇게 부르면 그녀보다 한 걸음 먼저 보트에 뛰어오르는 커다란 개였다. 그녀는 자신만의 다이빙 시간을 위해 자주 밤바다로 나갔다. 주로 난파선 스팟을 찾고는 했는데 내가 K를 처음 마주친 곳도 그곳이었다.

그날 밤 내가 손전등으로 비추던 것을 누군가의 손전등 불빛이 같이 비추기 시작했다. 빛의 방향을 올려다보자 K가 수면에서 내 쪽으로 하강하고 있었다. 열대어들이 순록의 뿔 주변을 맴돌고 있었다. 순록? 당장 납득되지는 않았지만 우리의 손전등 불빛은 순록을 비추고 있었다. 손전등 불빛은 수심 40m에서 순록의 홍채 속으로 더 잠수해 들어갔다. 두 불빛은 그 안에서 포개지는 듯했지만 곧 안구 속 무언가에 반사되며 산란되어 나왔다. K와 나는 스쿠버 마스크 렌즈 너머로 서로의 눈을 바라보았다. 그녀처럼 나도 놀란 눈을 하고 있었을 것이다. 순록이 바닥으로 가라앉아 있다는 것은 부패가 시작되기 전이라는 것, 최후를 맞은 지 얼마 되지 않았다는 의미다. 하지만 열대 바다로 둘러싸인 이 동남아시아의 섬나라에는 순록이 서식할 만한 곳, 가령 시베리아의 툰드라 들판 같은 곳이 있을 리 없다. 나는 다가가 순록의 털을 쓰다듬어 보았다. 모형이나 박제가 아니었다. 그때 주변을 감싸는 부드러운 조류가 느껴졌다. 조류는 정중

한 느낌으로 나와 순록을 떼어놓았다. 조류는 비록 이질적이지만 순록만의 부력을 존중하는 듯했고 순록을 데리고 가야 한다고 내게 양해를 구하는 것 같았다. 어떤 운명을 감내하는 것에 대한 자부심과 겸양을 동시에 보이듯 순록은 턱을 살짝 들더니 조류의 유속을 따라나섰다. 그리고 난파선을 등지고 밤바다의 한 곳을 향해 서서히 유영해갔다. K와 나의 손전등 불빛이 그 모습을 비추었지만 어느 순간 보이지 않게 되었다.

이후 K와 다시 만나게 된 것은, 그녀의 다이빙샵에서였다.

"엘라라!"

장난치느라 내 오리발 핀을 물고 놓아주지 않던 자신

의 개를 보고 K가 옥상에서 소리쳤다. 그러자 다이빙샵 직원들도 K의 선창에 복창하듯 각자의 자리 여기저기에서 엘라라! 이렇게 외쳤다. K와 엘라라가 만드는 일종의 눈부심이 그곳에는 있었다. 대부분 그 빛 때문에 눈가에 미소를 띠고 있었다. 활동성이 높은 만큼 사고뭉치인 개를 키우는 탓에 K는 하루 종일 엘라라의 이름을 불러야 했다. 나는 15분에 한 번씩 외쳐지는 엘라라라는 개의 이름을 들을 때마다 그 이름이 그리스 신화에서 따온 이름인지, 목성의 위성 중 하나에서 따온 것인지 궁금해졌다. 엘라라라는 이름은 신화 속 등장인물들 중에서도 그리고 목성의 위성 중에서도 딱히 인지도가 높은 편이 아니었기 때문이다. 내가 그녀에게 묻자, 그녀는 예상과 다른 말을 꺼냈다.

"어? 혹시 얼마 전에 사슴을 본 적 있지 않나요? 바닷속에서."

나는 그때 서야 K가 며칠 전 나이트 다이빙 때 본 다이버라는 것을 알아챘다.

"아 순록! 그때 그 분이시구나. 눈만 보고 기억하다니 기억력이 대단하시네요."

"아니요. 이름표에 그 장식이요. 그게 인상에 남아 기억하고 있었어요."

그녀는 내 다이빙 장비에 달린 보이저 1호의 장식을 가리켰다. 나는 그날 이후 자주 그녀와 대화를 나누게 되었다. K는 신화와 천문학 둘 다에 깊은 조예를 가지고 있었다. 내 쪽은 천문학에만 한정되어 있었기에 우리는 주로 우주에 관한 대화를 나누며 가까워졌다. 나는 아예 그녀가 부업으로 시작한 게스트하우스로 숙소를 옮겼다. 그리고 우리는 좀 더 가까운 사이가 되었다.

"달이 조금씩 지구를 떠나고 있다면서?"

달을 바라보며 그녀가 말했다. 달은 갯벌을 비추며 동시에 낮 동안 떠나갔던 파도를 그곳으로 인도하고 있었다.

"응 매우 조금씩. 1년에 손가락 한 마디 정도라던데"

달과 지구 사이의 원심력으로 수십 억 년 후에나 벌어질 일이지만 그녀의 목소리를 듣고 있으면 어쩐지 슬슬 마음의 준비를 하고 있어야 될 것 같았다.

"달이 떠나면 파도도 치지 않겠지?"

나는 쏟아지는 잠 때문에 파도 소리와 그녀의 목소리를 구분하기 어려웠다.

"그렇다면 결국 파도는 마지막 숫자를 헤아리고 있는 거네."

언젠가 마지막 파도가 해변에 도달할 것이다. 어쩌면 마지막 서퍼가 그 파도를 놓치지 않고 올라탈 것이다. 마지막 파도를 탄 그는 이제 의미가 없어진 서핑보드를 해변에 내려놓은 채 다시는 그곳에 돌아오지 않을 것이다. 파도처럼.

"그러네. 다이빙샵도 사양 사업이네."

잠결에 던진 농담에 그녀가 웃었다. 그녀는 나와 낮의 대부분의 시간들을, 밤의 잠자리를 함께하는 사이임에도 내가 우리 사이를 연인관계로 지칭하는 것에 딱히 동의하지 않았다. 그녀에게는 사랑하는 사람이 있었다. 물론 K는 그 사람과 이별한 상태다. 하지만 K는 언젠가 그 사람이 마지막 파도처럼 자신에게 돌아올지 모른다고 생각했다. 그렇기에 K는 누구를 만나든 관계의 한 쪽을 늘 공백으로 비워두었다. 나는 괄호 안에서 K를 바라보고 있었다.

"언제 떠난다고 했지?"

"글쎄 수십 억 년 후겠지."

"아니, 비행기 스케줄 말이야."

나는 일어나 그녀의 어깨에 있는 타투에 입을 맞추었다. 그녀의 타투는 새기다 만 듯 쌍둥이 별자리 중 한쪽 별자리만 얇은 라인으로 문신 되어 있다.

　"다이빙샵을 일주일 정도 닫고 그쪽 도시로 갈까 해서. 그래도 될까?"

　나는 기뻤다. 그러나 그녀는 약속한 날 공항에 도착하지 않았다. 공항에서 꼬박 하루를 보내고 나는 돌아갔다. 그녀는 전화와 이메일 모두 응답하지 않았다. 나는 유인 우주선 탑승을 위한 훈련 캠프에 들어가기 전 마지막으로 그녀에게 전화를 걸었다. 그 시점의 나는 그녀와 연결되기를 바라는 마음보다 차라리 K가 처음부터 존재하지 않았다는 것, 바닷속에서 순록을 마주친 시점부터 그녀와 함께한 계절들이 환각에 불과했다는 것, 그런 어설픈 알리바이라도 만들어 주려는 마음에서였다. "여보세요." 그녀의 핸드폰과 연결되었다. 그녀의 목소리와 닮은듯했지만 다른 사람이었다. 전화 속 목소리는 자신을 K의 고모라 소개했다. 그리고 그간의 상황을 설명해 주었다.

"유골은 그 아이가 좋아하던 바다에 뿌렸습니다. 나머지 물건들과."

나는 아직 상황이 다 파악되지 않았지만 상대의 말을 끊고 개의 안부를 물었다. K도 그랬을 것이다.

"제가 건강상 도저히 개를 키울 상황이 안 되네요. 엘

라라를 처음 구조했던 유기견 보호소에서 다시 맡아
준다고 해서 그렇게 처리했습니다."

　나는 통화를 하며 K의 고모가 일러준 유기견 보호
소를 인터넷으로 검색했다. 곧 홈페이지가 나왔다.

　"괜찮으시다면, 한참 후겠지만 제가 엘라라를 입양하
겠습니다."

　"이미 제가 관여할 부분이 아닌 것 같군요. 그런데 실
례지만 조카와 어떤 관계였는지 여쭤도 될까요?"

　선뜻 대답하기 애매했다. K가 살아있을 때 보다 더.
생각이 거기에 이르자 나는 K가 세상에 없다는 사실이
비로소 체감되었다. 통화를 버텨내기 힘들어졌다.

　"지인 정도입니다."

그때 유기견 보호소 홈페이지에서 한 여성의 사진이 보였다. 보호소의 책임자나 직원 같았다. 그 여성의 손목에 새겨진 타투가 눈에 띄었다. K의 어깨의 타투처럼 그녀도 쌍둥이 별자리 중 한쪽 별자리만 손목에 새겨져 있었다.

　"그렇군요. 그간 조카가 신세진 것이 있었다면 제가 대신 감사의 말을 전합니다. 마지막으로 한 가지만 더 여쭤봐도 될까요?"

　K의 고모가 전화를 끊기 전 말했다.

　"네, 말씀 주시죠."

　"목성의 봄이라고 그쪽 이름이 핸드폰에 저장되어 있던데 무슨 의미인지 궁금하네요. 회사 이름이나 어떤 단체라고 생각해서 인터넷에 검색해 봤는데 딱히 납득할 만한 것은 나오지 않더군요."

"목성의 봄이요? 제가요?"

"네. 실종 신고를 하는 과정에서 조카의 소지품을 좀 뒤졌어요. 달력이나 노트 등에 목성의 봄이라는 이름이 종종 등장하더군요. 조카의 실종과 관련이 있다고 오해해서 다소 집착했던 부분입니다."

나는 한동안 기억을 더듬었으나 딱히 짚이는 것이 없었다.

"조금 전에 그동안 찾지 못했던 조카의 핸드폰을 발견했어요. 핸드폰을 켜자마자 목성의 봄이란 이름으로 전화가 오더군요. 물론 지금 그쪽의 번호로요."

"글쎄요. 당장 떠오르는 게 없네요."

K의 고모는 조카가 부디 다이빙 사고를 당한 것이 아니길 바라며 현지 경찰에 실종 신고를 했다. 그러나 며칠 후 한 다이버가 난파선 틈에 발목이 끼인 그녀를 발견했다.

"혹시 기억나게 된다면 다시 전화드리겠습니다."

"아, 아닙니다. 괜찮아요. 어차피 이 번호도 정지시킬 예정이어서요."

악몽을 꾸다 놀라 반절 일어난 것처럼 우주선이 순식간에 방향을 틀었다. 우주선 근처를 스치듯 지나간 운석의 인력에 끌린 것이다. 이 영향으로 무엇인가 뒤틀렸는지 선내에 산소 기압이 미세하게 떨어져갔다. 그리고 손 안에 있던 사이안화칼륨 캡슐도 없어졌다. 탈구된 손가락 사이로 빠져나가 이 어딘가를 떠다니고 있을 것이다.

태양계를 지나는 운석들은 목성의 중력에 끌려가고 있는 경우가 많다. 방금 전 운석도 그런지는 모르겠다. 난 조정석 창가로 가 조금 전 스치듯 지나간 운석을 바라보았다. K와 나누었던 대화가 그 순간 떠올랐다. 태양이 점점 팽창하고 있다는 내용에 관한 것이었다. 우리 대화 주제에 제법 관심 있다는 듯 보트에 탄 엘라라가 꼬리를 흔들며 우리를 바라보고 있었다.

"태양이 점점 팽창 중이라면 태양과 가까운 목성 주변도 언젠가 따뜻해질까?"

달빛이 K의 두 눈에 비쳤다. 양자역학의 비유처럼 달은 그녀의 양쪽 눈 모두에 반사되고 있었다. K가 눈을 깜빡일 때마다 달들은 사라졌다가 다시 세상에 나타나기를 반복했다.

"이론상으로는 가능할 것 같은데? 아득한 시간이 흐르면 목성에도 봄이 오겠네."

당시 그녀는 '유로파'라는 별에 관심이 있었다. 유로파는 목성의 위성으로 두꺼운 얼음으로 뒤덮인 얼음별이다. 그리고 그 얼음층 밑으로 바다가 흐른다는 사실이 탐사선에 의해 밝혀졌다.

"목성의 주변이 따뜻해지면 말이야."

그녀는 마치 목성이 보인다는 듯 밤하늘을 올려다보

며 말을 이어갔다.

"유로파의 두꺼운 얼음도 다 녹아버릴 거야. 그러면 그 밑에서 파도치던 바다가 나타나겠지."

"살짝 오래 기다리긴 해야겠지만 그 바다에서 다이빙 할 수 있다면 멋지겠다."

"목성은 중력이 강하잖아. 그래서 바다가 된 그 별은 목성을 떠나지 않고 영원히 파도칠 거야. 영원히 목성 주변을 돌면서."

그녀는 잠수하기 위해 호흡기를 입에 물었다. 영원한 건 없다. 태양도 유로파의 파도도. 그녀도 알고 있다. 우리는 스쿠버 마스크 렌즈 너머 서로의 눈을 바라보았다. 그리고 우리는 각자의 바닷속으로 하강했다.

그리고 나는 비로소 상황을 받아들이게 되었다.

나는 우주복을 입었다. 우주복의 제어 로켓 압력을 점검하고 불필요한 장비들, 카메라나 통신 기기들을 제거했다. 목성의 봄. 그녀의 괄호 안에 그녀가 적었던 내 이름이었다. 난 우주선 밖으로 나오며 조정장치의 로켓을 가속시켰다. 그리고 목성으로 향하는 방향을 찾는다. 난 파선을 등지고 어둠 속으로 향하던 순록이 향하던 곳은 어디였을지 문득 궁금해졌다. 몸이 떨리기 시작했다. 그 때 멀리 날아가고 있는 혜성이 보였다. 아무것도 적혀 있지 않은, 적을 수 없는, 우주의 공백에 푸른 밑줄을 그으며 나가고 있었다. 그 모습을 바라보는 동안 어떤 인력이 나를 감싸는 것이 느껴졌다. 떨리던 몸이 진정되었다. 이 인력은 날 어딘가로 인도하려는 듯했다. 어쩌면 유로파의 바다일까.

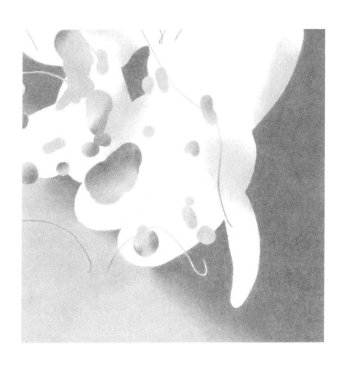

새들의 기억

　지나는 할머니의 일을 도왔다. 그리고 그 일을 좋아
했다. 조류 학자인 할머니는 젊은 시절부터 전 세계를
다니며 새들의 울음소리를 녹음했다. 할머니는 지나가
태어나던 날에도 지구 어디선가에서 새 울음소리를 녹
음 중이었다고 했다. 지나는 열다섯 번째 생일날 정말
자신의 생일에 녹음 된 새의 울음소리가 있는지 할머니
의 자료를 뒤적여 보았다. Siberian Ruby Throat.(recorded
in Tuva Russia). 녹음테이프에 이렇게 적혀있었다. 예쁜 울음소리였지만 솔직히 평범한 편에 속했다. 오히려 새 소리 뒤편에서 들려오는 바람 소리가 지나에겐 더 인상 깊었다. 새가 지저귀고 있는 숲 위로 그 해 첫눈을 품은 구름이 다가오는 것 같았다. 그날 지나는 새 소리와 그 뒤편의 바람 소리를 반복해서 들었다. 녹음테이프 위에 할머니가 휘갈겨 써놓은 글씨들. 러시아, 시베리아, 투바 공화국. 겨울이 예감된 그 단어들 위로 흰 눈이 쌓이는 것 같았다. 할머니는 몇 년 전 교수직에서 정년퇴직하며 고국으로 돌아왔다. 할머니의 생에서 한 곳에 정주하는 날들이 유례없이 길게 지속되었다. 결국 할머니는 자신의 고향에서 풍토병을 얻었다. 그러나 할머니는 오히려 기운을 더 쥐어짜냈다. 할머니는 일생의 꿈을 실현

하기로 결심했다. 새소리 박물관 설립이 그것이었다. 은퇴자금을 동원해 상당한 거금을 투자했다고 들었다. 박물관은 작은 부스들이 빼곡하게 채워진 공간이었다. 각 부스마다 헤드폰이 설치되어 있어서 누구나 그곳에 앉아 새소리를 들을 수 있었다. 세계적으로 저명한 조류학자의 박물관 개관 소식은 지역신문에 크게 실렸다. 방송사들에서 연이어 취재를 왔고 한동안 전국 국·공립학교에서 단체 견학을 왔다. 그리고 사람들의 관심에서 사라졌다. 1년 후 박물관을 찾는 사람들은 사실상 등산객들로 한정되었는데 그들도 박물관의 매점과 화장실을 이용할 뿐 굳이 안쪽까지 들어와 새소리를 들으려 하지는 않았다. 1년이 더 지나자 박물관을 찾는 사람은 지나

한 사람뿐이었다. 지나는 새소리를 듣고 새소리가 녹음
된 곳을 지도에서 찾는 것을 좋아했다. 지나는 스무 살
이 되면 사진 속 20대 시절의 할머니처럼 긴 부츠를 신
고 벌목도를 허리에 차고 세계를 탐험하는 상상을 했다.
한때 호수였던 채석장을, 수목한계선에 도달해야 비로
소 펼쳐지는 평원을, 그리고 그곳에 시작될 걷기를. 박
물관 설립 동기와는 반대로 박물관 폐장의 근거는 합리
적이고 논리적이었다. 할머니는 단정한 표정으로 그것
을 인정하고 서류에 서명했다. 녹음테이프 위에 사막의,
섬의, 국경의 이름을 벌목도 휘두르듯 휘갈겨 쓰던 할머
니의 필체 그대로 서명은 작성되었다. 할머니는 이후 며
칠 만에 80대 노파가 됐다. 지나는 그 모습을 지켜보는

것이 괴로웠다. 지나는 할머니가 일생 동안 수집한 새의 지저귐 들을 ─ 어쩌면 새의 전생이라 부를 수 있는 그 것들을 ─ 웹 공간으로 옮기자는 제안을 했다. 할머니는 한숨과 미소를 동시에 보였다. 미소는 찬성의 의미였고 한숨은 이 방대한 자료를 다룰 시간이 자신에겐 남아있 지 않다는 것에 자신도 모르게 쉰 것이었다. 하지만 할 머니는 반년 넘게 지나와 함께 이 작업을 이어나갔다. 그리고 할머니는 자신의 삶을 떠났다. 젊은 시절 그랬 듯 훌쩍. 지나는 혼자 나머지 작업들을 이어갔다. 열여 덟 살 생일을 몇 시간 앞두었을 무렵이었다. 겨울 초입 인 자신의 생일날 시베리아 남쪽 투바 공화국 숲에서 녹음되었다는 Siberian Ruby Throat, 진홍가슴새. 그 새

의 지저귐을 올리며 지나는 이 긴 작업을 드디어 완료
했다. 할머니 삶이 새들의 지저귐으로 다시 날갯짓 하는
것 같았다. 그렇게 지나는 열여덟 살이 되었다. 그 순간
인류가 쏘아 올린 모든 인공위성이 갑자기 작동하지 않
게 되었다. 세상에서 웹 공간이 사라져 버렸다.

지나가 오늘도 그 자리에 있기를 바라며 소년은 대피
소 5구역으로 향한다. 하지만 걸음이 조급했는지 심박
수가 높아져 버렸다. 소년은 벽을 짚고 멈춰 선다. 소년
은 호흡을 고르며 최근 작곡하고 있는 노래를 흥얼거
렸다. 심박수가 떨어지길 기다리며.

안개가 낀 날이었다. 소년이 5구역에 가까워질수록

안개 속 지나의 모습도 점차 선명해졌다. 지나도 자신을 보고 안도하는 표정을 지은 것 같다고 소년은 생각한다. 자신만의 착각인지는 알 수 없지만. 소년과 지나는 성인이 아니었기에 시체를 치우는 작업에서 열외 되었다. 지나와 소년은 대피소 구석 안개 속에 앉아 사람들을 바라보았다. 시체를 치우지 않는 사람들은 분주해진 군인들을 도와 바리케이트를 설치했다. 며칠 전까지만 해도 대피소에서 니가겠다며 군인들과 다투던 무리들도 그 틈에 있었다. 어제 대피소에 많은 사망자가 발생했지만 다른 대피소에 비해 현저히 적은 숫자라는 소문이 퍼지자 인근 대피소 사람들이 몰려온 상태였다. 하지만 수십 구의 시체를 임시 소각장으로 옮기는 사람들이 피워 올리는 불안감이 이쪽 대피소의 안개에도 섞여 들고 있었다. 소년은 대피소에서 지나를 처음 만났다. 트럭을 타고 대피소에 도착하던 지나의 모습을 소년은 기억한다. 지나는 자신의 눈에만 보이는 투명한 계단이 있다는 듯 트럭에서 가뿐히 내려왔다. 소년은 그 모습에서 눈을 뗄 수 없었다. 같은 나이인 두 사람은 조금씩(소년이 용기를 보인 덕에) 친해졌다. 지나의 웃는 모습에 준비가 되어있지 않던 소년은 지나의 미소 때문에 두 번 죽을 고비를 넘겼다.

"그렇다고 너한테 반했다거나 그런 뜻은 절대 아니고. 알지? 음. 일단. 내 말은."

허둥대며 자신의 심장질환에 대한 이야기를 하는 소

년의 말에 지나는 한 번 더 웃음이 터졌고, 그 모습에 소년은 정말 심정지에 이를 뻔했다. 지나를 알게 된 이후 소년은 지난날 세상을 원망했던 자신이 후회되었다. 소년은 심장이식 대기자 명단에서 자신의 이름을 지목하지 않는 세상을, 자신이 죽고 난 후에도 어김없이 발매될 뮤지션의 새로운 앨범을, 좋아하는 영화의 다음 시리즈를, 딱 자신만 소외시키고 이어지는 그런 세상의 화사함을 저주했었다. 그때는 지나가 살아갈 세상이란 것을 몰랐다고 소년은 혼자 중얼거렸다. 그리고 소년은 지나를 위한 노래를 작곡하기 시작했다. 남들에게는 없는 자신만의 재능이라고 소년은 생각해 왔다. 단지 대피소에는 악기가 없기에 노트와 자신의 목소리에만 의존해야 했다.

"축하해, 생일."

지나가 소년에게 말했다. 그리고 소년의 손에 과일을 쥐여주었다. 며칠 전 배식 때 나온 귤이었다.

"아, 오늘 내 생일이었구나! 근데 어떻게 알았어?"

"약품 운반 봉사 때 생년월일 쓰여 있는 걸 봤거든."

건네받은 귤을 간신히 쥐고 있을 정도로 소년의 상태는 좋아 보이지 않았다. 지나는 그것을 알아보았다.

"딱 봐도 가을 태생일 거라 생각했는데, 봄에 태어났다니 뭔가 배신감 드네."

"너 생일은 언제야? 말해준 적 있었나?"

"내 생일은 겨울. 그날 지구의 한편에서는 시베리아루

비스로트가 지저귀고 있었지."

"시베리아?"

"음. 대략 진홍가슴새 정도라고 해두자."

지나는 할머니가 40년 가까이 세상을 돌아다니며 새를 연구하고 새소리를 녹음한 이야기를 들려주었다. 새소리 박물관과 지금도 그곳에 잠재된 상태로 존재하고 있을 새의 지저귐들에 대해서도.

"내 생일에 녹음 된 새소리도 있을까?"

"확실하진 않지만 높은 확률로 있을 거야. 우리가 태어난 해에 할머니는 가장 왕성하게 활동하셨거든. 그 때 쓴 책 덕분에 유명해지기도 하셨고."

밤이 되자 안개가 더욱 짙어졌다. 두 사람은 대피소

밖이 내려다보이는 난간 근처를 걸었다. 소년이 무언가를 가리켰다. 낮에 온 사람 중 누군가가 헤드라이트를 켜둔 채 오토바이를 두고 갔다.

"나 오토바이 탈 줄 알아."

텐트가 설치된 구역으로 돌아가려는 지나에게 소년이 말했다. 소년은 모든 새들의 울음소리가 녹음 된 그 박물관에 가보고 싶다고 지나에게 말했다. 자신의 생일에 녹음 된 새소리가 있을지 궁금했다. 만약 있다면 어떤 새의 어떤 지저귐일지.

"좋아. 너 상태 좋아지면 언젠가 같이 가자. 꼭."

"알겠지만, 내 상태는 좋아지지 않을 거야."

지나는 잠깐 소년과 오토바이를 타고 박물관까지 가

는 상상을 했다. 하지만 GPS기능이 사라진 세상에서 안개 속을 뚫고 심장질환자가 운전하는 오토바이로 산악도로를 달리는 일은 상상 속에서도 가능해 보이지 않았다.

"저기 봐. 또야."

그때 오토바이 헤드라이트 불빛 앞으로 새 한 마리가 떨어졌다. 며칠 전부터 여기저기서 새들이 추락하고 있다. 지나는 추락한 새를 바라본다. 새는 자신이 온 곳을 가리키듯 한 쪽 날개를 위로 뻗고 있었다. 그때 안개 속에서 어떤 움직임들이 보였다. 대피소 밖으로 몇몇 사람들이 몰래 나가는 중이었다. 공용 식량과 물품을 제법 챙긴 것 같았다. 아마 그들은 또 다른 소문 속에서 안전

하다고 알려진 또 다른 지역으로 가는 중일 것이다. 지나는 순간 그들이 안개 속의 오토바이를 먼저 차지하게 될까 봐 불안해졌다.

"오토바이 운전하는 거 어려워? 내가 몰 수 있을까?"

"너 자전거 탈 줄 알아?"

"외발자전거? 아니면 일반 자전거? BMX자전거는 파크에서만 깔짝거리는 수준."

소년이 미소를 지었다. 하지만 막상 오토바이에 시동을 걸자 지나는 후회되었다. 지나치게 충동적인 결정이었다. 무엇보다 다시 대피소로 돌아왔을 때 군인들이 들어오는 것을 불허할 수 있다.

"도로 이정표를 보면서 어떻게든 C도시에만 도착하

자. 그다음부턴 익숙한 지역이니깐 찾아갈 수 있겠지."

소년이 알려주는 대로 지나는 오토바이 조작법을 익혔다. 지나는 소년을 뒷좌석에 태웠다. 지독한 악필에 가까운 갈지 자를 그리며 오토바이는 안개 속을 달려 나갔다.

"근데 박물관에 녹음기도 있어?"

"할머니가 쓰던 녹음기들이 몇 개 전시되어 있어."

"작동이 될까?"

"글쎄, 진짜 옛날 장비들이라 모르겠는데. 근데 왜?"

소년은 지나를 떠올리며 작곡한 노래를 어딘가에 남겨두고 싶었다. 자신의 기억 속에서 사라지게 된다면 자신의 심장박동과 함께 노래도 세상에서 사라지게 될 것이다.

"뭐야 너, 작곡도 할 줄 알아?"

"허접한 수준이야. 의도한 건 아닌데 어쩐지 유치한 느낌으로 작곡되고 있어. 일단 미완성이기도 하고."

"뭐에 관한 노래인데. 장르는?"

"가사는 없고 멜로디만 있어. 지금 들려 줄 테니까 혹시 나중에 기억이 난다면 어딘가에 녹음해 줄 수 있을까?"

안개 때문에 도로 이정표를 확인하는 것이 쉽지 않았다. 지나는 소년에게 직접 녹음하면 되잖아, 이렇게 되묻지 않았다. 지나는 휘어지는 길을 따라 큰 커브를 돌며 소년이 허밍으로 부르는 멜로디를 들었다. 소년의 목소리가 점차 작아졌지만 지나의 등과 소년의 가슴이 닿아 있어서 노래는 지나의 피부로 스며들었다. 지나가 멜로디를 외워야 하기에 소년은 몇 차례 멜로디를 반복해서 불러주었다. C도시에 도착할 즈음 소년은 힘든지 더 이상 반복해서 노래를 부르지 않았다. 객석에서 누군가 홀로 치는 박수처럼 희미한 소년의 심장박동이 지나의 등으로 전달되었다. 오토바이가 통과하는 안개 속 여기저기로 새들이 추락했다. 그러나 지나는 조금도 동요하지 않았다.

'모든 새의 지저귐은 남아있어. 들을 수 있는 사람이 모두 사라진다고 해도.'

지나는 소년의 생일에 녹음 된 새소리가 호반새면 좋

을 것 같다고도 생각했다. 소년의 노래가 호반새의 울음소리를 닮았기 때문이다. 물론 하필 소년의 생일에 녹음된 새 울음소리가 아예 없을 수도 있다. 만약 그렇다면 지나는 소년의 노래를 녹음해 둘 것이다. 소년이 불러준 노래를 지나는 기억하고 있다. 그 노래를 불러본다. 안개 속에서 오토바이가 산악 도로를 달리는 동안에.

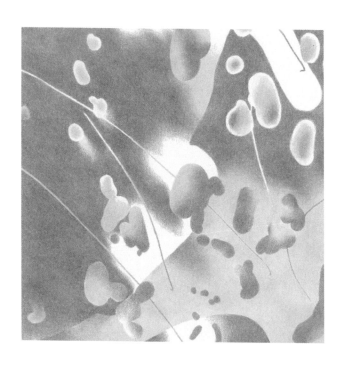

초신성

  세상에 남은 마지막 사람. 그가 길을 걷고 있다. 그
는 길을 걷고 있는 자신의 상황에 대해 생각하는 중
이다. 밝음. 어둠. 이 말을 알던 사람들이 더 이상 존재
하지 않는 지금, 내가 걷고 있는 이곳은 밤길의 어둠 속
일까 아니면 말의 공백 위일까. 세상의 마지막 사람인
내가 그 말들을 알고 있는 동안까지만 밝음과 어둠은
존재하는 걸까. 그렇다면 언젠가 음영과 빛의 세계는
나와 함께 사라지는 건가. 그날까지 낮과 밤을 품고 나

는 걷는 것인가. 행성처럼. 태어날 때부터 앞을 볼 수 없는 내가 그 의미들을 나른다는 것은 또 무슨 뜻일까. 그의 생각이 점점 과밀해져 간다. 그때 그의 발끝에 무엇인가 부딪혔다. 비로소 그의 생각이 멈춘다. 그는 그 물건을 줍는다. 곧 그는 자신이 손전등을 쥐고 있음을 알게 된다. 그는 망설인다. 앞을 볼 수 없는 그에게 손전등은 의미 있는 사물이 아니다. 빛을 알아볼 사람들마저 더 이상 존재하지 않기에 더욱. 전구의 미세한 소리가 그에게 들려왔다. 전구의 필라멘트가 유리 진공관의 공백 속에서 빛을 내는 소리였다. 그는 예민한 청각으로 전구가 오늘 밤을 넘기지 못할 것임을 직감한다. 그는 손전등을 켠다. 전구의 진동음이 그의 손에 스며들

었다. 그가 다시 길을 걷는다. 발소리가 울려오는 반향
이 점차 달라졌다. 그는 자신이 강 근처를 지나고 있음
을 파악한다. 호흡으로 물안개가 삼켜졌다. 짙다. 아마
전구의 빛은 안개로 인해 산란 되고 있을 것이다. 물론
그는 개의치 않는다. 밤의 물안개 속을 걸으며 그는 언
젠가 책에서 본 빛과 연무의 상관관계를 떠올렸다. 빛
의 산란. '빛이 대기 중의 미세한 입자들과 부딪히며 퍼
지는 현상,' 그는 그 문장을 이루는 점자들이 대기 중의
미세한 입자들처럼 느껴졌다. 그는 책을 덮으며 혼잣말
을 했다. '손끝은 나의 빛. 나의 독서는 산란 되어 눈부
시다.' 안개 속에서 그는 자신의 그 말을 떠올렸다. 그
순간 그는 발을 헛딛고 만다. 손전등이 떨어지며 둔탁

한 소리를 냈다. 그는 바닥을 더듬어 손전등을 찾았다. 한참 동안 수없이 반복했음에도 손에 잡히는 것은 없었다. 그는 낙담했다. 잃어버린 건가. 전구는 어떻게 되었을까? 떨어지며 깨진 걸까. 깨지는 소리가 들렸었던가? 근데 전구의 마지막이란 건 어떤 것이지? 섬광과 함께 펑 하고 터지는 건가. 아니면 눈을 감듯 차분히 어두워지는 것일까. 어두워진다는 것은 어떤 경험인 걸까. 혹시 손전등은 처음부터 꺼져있던 게 아니었을까. 켜져있었다고 해도 전구의 불빛을 본 적도 없고 필요로도 하지 않았던 나에게 전구는 무슨 의미였을까. 그의 생각이 다시 과밀해지려고 한다. 그것을 멈추기 위해 그는 크게 숨을 들이마신다. 엷다. 안개가 개는 중이다. 반면 그의 마음은 차분히 어두워져 갔다. 그는 자리에서 일어났다. 그리고 손전등 찾기를 단념했다. 세상에 남은 마지막 사람. 그가 길을 걷는다. 잠시 후 안개는 완전히 개었다. 물론 그는 개의치 않는다. 그때 그의 예민한 청각으로 뭔가 들려왔다. 어떤 소리가 대기 중의 미세한 입자에 부딪히지 않고 선명히 그에게 전달되었다. 그는 그것이 강물에 떠내려가는 전구에서 들려오는 소리임을 확신했다. 얇은 필라멘트가 공백 속에서 빛을 내는 소리. 그는 망설였다. 그는 이미 손전등 찾기를 포기한 뒤였다. 손전등을 꺼내다 물에 빠지기라도 한다면 그를 도와줄 사람들마저 더 이상 존재하지 않기에 더욱. 그는 강으로 이어지는 모래 비탈길을 걷는다. 그의 발목에 실리던 관성이 강에 도달한 그를 넘어뜨려 물에 빠트렸다. 그의 당혹감은 공포에 젖어 짙어졌다. 그의 생각이 텅 빈 채로 빠르게 과밀해졌다. 그때 허우적대는 그의 손끝에 무엇인가 부딪혔다. 그는 단번에 그것이 손전등임을 알았다. 그는 손전등을 움켜쥔다. 궤도의 행성처럼. 손전등의 미세한 진동음이 그의 손에 스몄다. 공포가 점차 옅어졌다. 발이 닿는다. 얕다. 물은 깊지 않았다. 손전등 빛으로 윤슬을 일으키는 물살이 그의 손끝에 읽히기 시작했다. 그는 동심원을 쫓아 강 밖으로 향한다. 그는 문득 멈춰 서서 전구 앞에 손가락 끝을 가져가 보았다. 전구의 미열이 손끝을 감쌌다. 산란 되어 눈부신. 전구의 소리를 들으며 그는 다시 걷는다. 그에겐 걸어 내야 하는 밤길이 있다. 그리고 전구가 그 길을 비추고 있다.

희미하지만 분명하게

체념 끝에 마지막 짐을 내려놓듯 무엇인가 둔탁한 소리를 내며 땅에 떨어졌다. 그 소리에 엘라라는 잠에서 깼다. 엘라라는 뭉뚱그려진 주변 냄새 속에서 방금 추락한 무언가의 윤곽을 맡아낸다. 엘라라의 후각 속에서 들판과 도시, 숲의 냄새들이 새의 날개 모양으로 서서히 주조되어 갔다. 엘라라는 수풀 속에서 추락한 새를 찾아냈다. 새는 가쁘게 숨을 쉬고 있었다. 잠시 후, 새의 호흡은 점차 느려지더니 엘라라의 호흡과 비슷한 구간에 도달한다. 그리고 새는 불현듯 숨을 멈췄다. 엘라라는 새를 내려다본다. 순간 날개를 퍼드덕이듯 새의 두 눈에 번개 빛이 반사되었다. 곧 천둥이 치고 비가 쏟아졌다. 나흘 만에 마시는 물이었다. 엘라라는 보름 전, 강을 등지고 이곳으로 향했다. 강에는 소금과 갯벌의 냄새가 없었다. 그곳. 한 번 희미해졌다 다시 솟구치는 파도의 냄새를 엘라라는 찾고 있다. 그날 밤, 바닷속으로 들어간 주인이 지금쯤 다시 나왔을지도 모르기 때문이다. 비글과 잭 러셀테리어 사이 어딘가의 종인 엘라라는 한 쌍의 갈색 눈과 네 개의 긴 다리를 가지고 있다. 그 다리를 채찍처럼 당기고 있는 발목 인대에는 늑대 조상으로부터 전달된 맹렬함이 당장 휘둘러질 것처럼 사납게 긴장

되어 있다. 그래서인지 엘라라는 금세 유기견 보호소에서 높은 서열을 차지했다. 엘라라가 강을 뒤로하고 떠날 때 몇몇 개들이 엘라라를 따라나섰다. 하지만 엘라라와 개들은 바닥에 고인 물을 먹을 때마다 구토하며 쓰러졌고 다시 일어서는 개의 숫자는 점차 줄어들었다. 엘라라는 그들을 확인하기 위해 뒤를 돌아보았다. 그때 뜨겁고 날카로운 통증이 엘라라의 머리를 움켜쥐며 잡아끌었다. 코요테였다. 추락한 새를 차지하기 위해 체취와 발소리를 비에 씻으며 접근해 온 것이다. 그때 엘라라의 눈에 다가오는 검은 개가 보였다. 밤의 일렁임 같은 모습을 엘라라는 알아보았고 코요테는 그렇지 못했다. 검은 개가 코요테의 뒷다리를 물었다. 코요테가 검은 개를

공격하는 사이 엘라라가 달려들어 코요테의 목을 물고
휘두를 수 있는 모든 방향으로 휘둘렀다. 또 한 번의 번
개가 치자 검은 개의 모습이 잠깐 밤으로부터 분리되
었다. 검은 개는 밤에 다시 흡수되기 위해서는 움직일
수 없다는 듯 미동 없이 엎드려 있었다. 엘라라는 코요
테의 죽은 목을 놓아준다. 검은 개는 늙고 병든 탓에 무
리 가장 뒤에서 쫓아오던 개였다. 코요테가 살점을 가져
가 옆구리의 검은 색 일부가 없어졌다. 밤의 한 조각이
사라진 것 같았다. 그곳에서 일출처럼 붉은 피가 새어나
오고 있었다. 검은 개의 눈에 근처 도시의 불빛이 반사
되고 있다. 엘라라가 그 불빛을 얼마간 핥았으나 사라지
지 않았다. 검은 개는 자신도 어쩔 수 없다는 듯 눈을 감

왔다. 엘라라는 검은 개에 몸을 맞대고 웅크린 채 밤을 보내었다. 다음 날 새와 코요테, 검은 개를 뒤로하고 엘라라는 길을 떠났다.

아무도 없는 텅 빈 도시였다. 얼굴이 생긴 양 활활 타오르던 건물들도 어제 내린 비에 웃음기를 잃고 회색조로 식고 있었다. 쓰레기통을 뒤지던 엘라라의 등을 바람이 쓰다듬고 지나갔다. 거기에는 희미한 바다의 냄새가 섞여 있었다. 엘라라는 놓난배처럼 비람이 붙면 냄새를 쫓아 달렸다가 바람이 그치면 멈추기를 반복했다. 엘라라가 도착한 곳은 도시의 대형 아쿠아리움이었다. 수족관 유리 통로들을 거닐며 엘라라는 그동안 주인이 바닷

속에서 무엇을 보고 있었는지 비로소 알게 되었다. 유리
벽 너머 산호초들과 열대어들이 보였다. 거대한 조개도
있었다. 엘라라는 오랜만에 꼬리를 흔들며 걷는다. 곳곳
의 균열에서 새어나오는 물이 바닥에 고이고 있어서 엘
라라의 네 발은 첨벙거리는 소리를 냈다. 엘라라는 이
곳에서 유유히 헤엄치고 있는 주인을 마주칠 것 같다
는 예감에 흥분하여 여기저기를 뛰어다닌다. 그런 자신
을 쫓아다니는 돌고래를 엘라라는 커다란 새라고 생각
했다. 엘라라는 돌고래를 따돌리기 위해 급하게 방향을
틀어 반대쪽으로 내달렸다. 돌고래는 쉽게 엘라라를 따
라잡았다. 돌고래와 엘라라는 유리벽을 사이에 두고 한
쪽 끝에서 반대쪽 끝까지 왕복 달리기 경주를 했다. 이

후 며칠간 엘라라는 아쿠아리움을 찾아와 돌고래와 이
놀이를 반복했다. 그리고 엘라라는 한 가지 판단에 이
르렀다. 이곳에는 중요한 것이 빠져있다. 금속이 햇볕
에 달궈질 때의 냄새. 지붕이나 보트의 갑판이 뜨거워
질 때 평평한 모양으로 퍼지는 냄새. 그것이 없다. 이곳
은 엘라라가 아는 그 바다가 아닌 것이다. 엘라라는 떠
나야 했다. 엘라라는 마지막으로 아쿠아리움을 찾았다.
돌고래를 만나기 위해서다. 어쩌면 보호소의 개들처럼
돌고래도 자신을 따라올지 모른다. 통로에 물이 제법 차
올라 있어 엘라라는 반쯤 수영하듯이 유리 복도를 지나
왔다. 그러나 돌고래는 없었다. 돌고래가 있던 유리벽에
는 미간을 찌푸린 듯 커다란 금들이 나 있었다. 적대인

지 고통인지 알 수 없는 그 균열들에서 물이 뿜어지고 있었다. 딱 하는 소리와 함께 실내조명들이 일시에 꺼졌다. 어둠 속에서 유리벽이 무너졌다. 마침내 가지게 되었다는 듯 물은 거대한 손이 되어 엘라라를 움켜쥔다.

5년 전, 엘라라는 손바닥보다도 작은 크기였다. 눈 속에 파묻혀있던 엘라라를 구조한 사람도 엘라라를 자신의 손 위에 올려놓았다. 그녀는 엘라라의 두 눈에 손전등을 비추었다. 엘라라의 어미 개와 엘라라의 동생들은 손전등 불빛에 아무런 반응도 보이지 않았다. 손전등 불빛이 남극해같이 차가운 엘라라의 홍채 속으로 거침없이 뛰어들었다. 빛 대부분이 동물 눈에 있는 휘판에 부

덮히며 반사되어 버렸다. 또는 체온에 이를 수 없는 덧없는 미열로 바뀌며 흩어져갔다. 하지만 빛 중 일부, 빛의 광자 중 극히 소수가 엘라라의 시신경에 닿는다. 심장박동에 써야 마땅한, 사실상 거의 고갈된 에너지를 엘라라의 중추신경은 안구의 빛반응에 썼다. 희미하지만 분명하게 엘라라의 동공이 축소되었다. 엘라라를 구조한 사람은 황급히 엘라라를 자신의 옷 안에 넣었다. 심장이 있는 쪽 피부에 엘라라를 밀착시켰다. 그리고 그녀는 산비탈을 달려 내려온다. 조금 떨어진 거리에 차를 주차해 두었다. 얼마 후 그녀는 멈춰 서서 주변을 돌아본다. 내리는 폭설이 길과 길이 아닌 것의 구분을 없애고 있었다. 그녀는 핸드폰을 꺼내보았지만 신호의 세기가 약해 작동하지 않았다. 어쩌면 흰 눈에 뒤덮여버린 자동차를 못보고 지나쳐 버린 것은 아닐까? 마음에서 시작된 불안이 차가워지기 시작한 그녀의 몸에 삼투되어 갔다. 눈앞의 하얀 숲이 칠흑처럼 어둡게 느껴졌다. 그리고 정말로 해가 지기 시작했다. 그녀는 다시 핸드폰을 꺼내 까치발을 들고 손을 높이 들어 올려본다. 그 순간 그녀는 비명을 지르며 넘어졌다. 숲에서 무언가 쉼없이 뛰쳐나왔다. 순록들. 한 무리의 순록들이 그녀를 뛰어넘거나 비껴 달리며 산비탈을 올라갔다. 그녀는 주저앉은 채로 숨을 고르며 스스로를 진정시켰다. 그때 순록이 남기고 간 적막 속에서 어떤 소리가 들려오기 시작했다. 숲에서 무언가가 자신 쪽으로 다가오고 있었다.

순록을 달아나게 한 그 무언가일 것이다. 그녀는 다가오
며 선명해지는 저 실루엣이 제발 사람의 것이길, 곰이
아니길 간곡히 바랐다. 심장이 세차게 뛰었다.

"괜찮아요? 비명을 지르던데."

얼핏 엽총인 줄 알았으나 녹음 장비를 어깨에 들쳐 멘
나이 든 여성이었다.

"네. 길을 잃은 것 같아요."

"이 일대는 사람이 찾아올 만한 곳이 아닌데, 오늘 이
상한 일을 연달이 겪는군."

바람이 불자, 여성의 백발이 흰 눈과 함께 휘날렸다.

"산길 진입로 근처에 차를 세워두었는데 도대체 찾을
수 없네요."

"진입로라면, 저 방향일지 싶은데."

마치 소리를 듣고 길을 찾을 수 있다는 듯 백발의 여성은 녹음 장비에 연결된 헤드셋을 썼다.

"근데 아까부터 새 울음은 아닌데, 무슨 소리죠?"

백발의 여성이 인터뷰하듯 녹음장비를 자신에게 향하자 그녀는 화들짝 놀란다. 강아지를 가슴에 대고 있다는 사실을 새삼 깨닫는다. 의식을 되찾은 엘라라가 쌕쌕거리는 숨을 내쉬고 있던 것이다.

"이놈 보게. 귀여운 녀석이구나! 근데 이 녀석 배가 많이 고픈 모양인데?"

나이 든 여성은 장갑을 벗은 뒤 엘라라를 손 위에 올려놓고 엘라라를 쓰다듬었다. 시든 덤불 속에 숨어있던 새들이 일시에 날아오르는 듯 환하게 웃는 백발의 여성을 바라보자 그녀의 경계심도 풀렸다. 어쩌면 백발의 저 여성도 어두워지기 시작한 숲에서 자신을 마주친 것이 긴장되는 상황일 수 있었을 것이다. 그런 생각에 이르자 그녀는 미안한 마음이 들었다.

"고마워요. 같이 길을 찾아주셔서."

앞서 걷는 백발의 여성이 대답 대신 미소를 지었다. 백발의 여성은 이 지역 사람 같아 보이지 않았다. 그렇다고 특징 지역 사람으로도 보이지 않았다.

"그런데 아까 이상한 일을 연달아 겪는다고 하셨는데 혹시 무슨 일 있으셨어요?"

"음. 나도 무슨 영문인지 모르겠다만, 아까 숲에서 웬

거북이를 봤어요. 딱하게도 이미 얼어버린 뒤더군요.”

내쉬던 자신의 한숨을 갑자기 날카롭게 자르며 그녀가 말했다.

“사람들은 싫증 난 물건을 버리듯 동물을 유기해버리죠. 결제했다고 생각하는 거예요. 생명을.”

다소 격정적인 목소리에 백발의 여성이 그녀의 얼굴을 바라보았다. 체구가 작은 저 여성은 어떤 불리한 싸움의 거점에 사납고 정당한 자신의 생각들을 쌓아올리고 있는 것이 틀림없다. 그것이 나이 든 여성의 마음을 흡족하게 했다. 그래서 그녀 심기의 가파른 지점을 우회하며 백발의 여성은 말을 이어갔다.

“그 참혹한 세태에는 저도 이견이 없어요. 근데 미안

하다만 어항의 작은 거북이를 말하는 것이 아니라. 웬만한 덩치 두 명이서도 들 수 있을까 싶은 커다란 바다거북이었어요. 열대 바다에서 헤엄칠 법한."

그녀는 곁눈질로 백발의 여성을 힐끗 보았다. 분명 이상한 사람은 아닌 것 같았다. 그래도 도무지 믿기 힘든 말이라 그녀는 대화의 화제를 평범한 쪽으로 돌렸다. 백발 여성이 하는 일. 그리고 자신이 이 산에 오게 된 경위 등.

"저기 보이는 것 같은데. 맞아요?"

그녀의 자동차와 근처 문 닫은 레스토랑이 보였다.

"아! 정말 감사해요. 제가 태워다 드릴게요. 어디까지 가시나요?"

"곧 야행성 놈들이 날갯짓할 시간인데 당연히 여기에

있어야죠. 부디 그 꼬맹이한테 잘해주세요."

그녀는 엘라라를 품에서 꺼낸 뒤 백발의 여성을 향해 손바닥처럼 흔들어 보였다. 미소로 화답할 줄 알았던 백발의 여성도 손을 흔들어 보였다. 그리고 숲으로 돌아갔다. 그녀는 백발의 여성이 말한 바다 거북이를 떠올렸다. 누름돌처럼 숲의 고요를 지그시 누르고 있는 거북이를. 거북이 등껍질에 붙어있는 따개비 위로 떨어지는 눈송이들을. 밤사이 내릴 눈에 덮여 봄이 올 때까지 보이지 않게 될 모습들을. 그녀는 자동차에 시동을 건다. 작은 욕, 탄식과 간청을 반복하며 실패한 시동을 몇 차례 다시 시도한다. 점화플러그에서 불꽃이 일어난다. 자동차의 히터가 더운 숨을 몰아쉬자 헤드라이트 불빛이

집으로 갈 길을 비췄다. 마침 핸드폰에도 신호가 터져 그녀를 걱정하는 메시지가 타악기 연주처럼 쏟아졌다. 비로소 그녀는 안도한다. 심장박동이 서서히 안정된 박자에 이르렀다. 그 진동이 그녀 가슴에 따개비처럼 붙어 있는 엘라라의 몸에 전달되었다.

그 다정함을 닮은 진동을 물속에서 엘라라는 얼핏 느꼈다. 돌고래가 엘라라를 밀치며 수면 밖으로 내보내던 것이었다. 하지만 의식을 막 되찾은 엘라라는 그런 사실을 알 수 없다. 엘라라는 단지 지쳐있다. 눈 속에 파묻힌 것처럼 움직일 의욕과 힘이 더 이상 없다. 다음날 털이 다 마른 뒤에도, 그다음 날 바람이 또 다른 곳의 바다 냄새를 가져다주어도 엘라라는 그 자리에 웅크린 채 움직이지 않았다. 그리고 밤이었다. 수척해진 엘라라가 무엇인가를 바라보고 있다. 깜빡이는 불빛이었다. 누군가 손전등을 들고 어딘가로 걸어가고 있다. 손전등은 당장이라도 꺼질 듯 위태롭게 깜빡였다. 그러나 그 사람은 그 사실에 개의치 않아 하는 것 같았다. 엘라라의 후각 속에서 그가 걸어온 풍경이 펼쳐졌다. 그곳에도 바다는 없었다. 엘라라의 가슴 속에서 사람을 따라가려 하는 개의 충동과 움직이고 싶지 않다는 피로감이 뒤섞여 갔다. 엘라라는 일단 몸을 웅크리고 깜빡이는 불빛을 바라본다. 불빛은 어딘가로 이동하고 있었다. 희미하지만 분명하게.

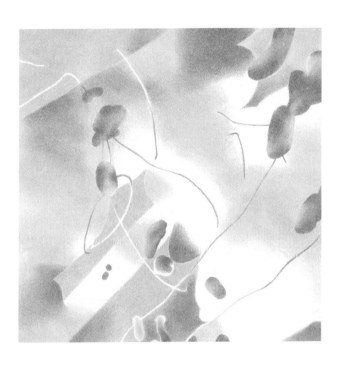

오탈자프로젝트

www.instagram.com/o_tal_za

글 안하늘

서정과 서사를 연구합니다. 글을 쓰고 다시 지웁니다. 지워지지 않은 글
들을 모아 둡니다.

그림 전지은

일러스트레이터. 연약한 것, 낡고 슬픈 것, 파르르하니 떨면서도 강인
한 마음을 소재로 그림을 그립니다.

〈목성의 봄 spring of Jupiter〉

colorpencil on paper, 48.3X61cm
ⓒ 2024. JieunJeon

두 작가가 몇 해 동안 한 단어를 바라보기로 합니다.
어느 날, 그들은 단어와 그들 사이에 생겨난 인력을 느꼈습니다.

"이것도 만유인력으로 이해할 수 있을까요?"
"잉크와 물감에는 질량이 있지만, 서사와 인상에는 질량이 없는데요."
"정말 없습니까?" / "있습니다."
"정말 있습니까?" / "없습니다."

상반된 질문의 두 파동으로 단어는 회전합니다. 글자의 획들이 파손되고 급기야 단어는 둥글게 마모되어 갑니다. 점점 알아볼 수도, 읽을 수도, 이해할 수도 없는 단어가 되어갑니다. 단어를 묘사한 그림은 오래전 살다 간 한 그림의 환생 같습니다. 그 단어를 사용한 서사는 화석으로 발견된 동물의 몽상 같습니다.

"우리 이것을 몇 해 동안 바라봅시다."
"이것들이 정말 세상에 있는 것이 맞기는 할까요?"
"어느 세상을 말하는 건가요?"
"우리가 사는 이 우주요."
"글쎄요. 저도 잘 모르겠습니다. 하지만 우리는 우주를 정의하는 어떤 말을 기억하고 있지 않습니까."
"*우주, 서로 영향을 주고받을 수 있는 모든 것들의 집합.*"

_ 2024년 4월, 오탈자프로젝트

목성의 봄

초판 1쇄 발행 2024년 4월 5일

글쓴이	안하늘
그린이	전지은
디자인	전지은
펴낸곳	비꽃
전화	010-8824-7594
이메일	zooandairport@gmail.com
출판등록	2013년 7월 18일 제2013-000013호
ISBN	979-11-85393-94-0 03810